AF203067

SAN

Homeofficer

Cartoons

© 2021 Susanne Abed-Navandi

Autorin: Susanne Abed-Navandi
Umschlaggestaltung, Illustration:
Susanne Abed-Navandi
Portraitfoto: © Marion Gartler
Lektorat, Korrektorat:
Daniel und Daria Abed-Navandi

Verlag und Druck:
tredition GmbH, Halenreie 40-44,
22359 Hamburg.

ISBN: 978-3-347-22789-7 (Paperback)
ISBN: 978-3-347-22790-3 (Hardcover)
ISBN: 978-3-347-22791-0 (e-Book)

Das Werk, einschließlich seiner Teile, ist urheberrechtlich geschützt. Jede Verwertung ist ohne Zustimmung des Verlages und der Autorin unzulässig. Dies gilt insbesondere für die elektronische oder sonstige Vervielfältigung, Übersetzung, Verbreitung und öffentliche Zugänglichmachung.

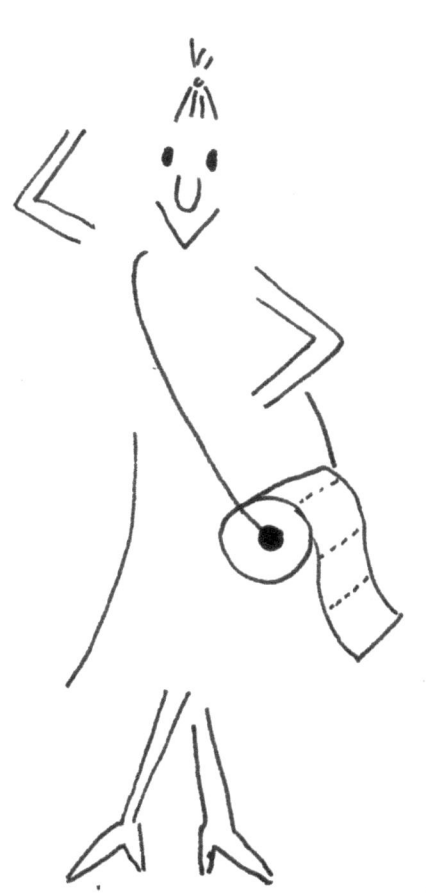

Homeoffice
Tag 1

SAN

Balkonkonzert

Dunkelziffer

SAN

Hamsterkauf

Impfstoff

warten

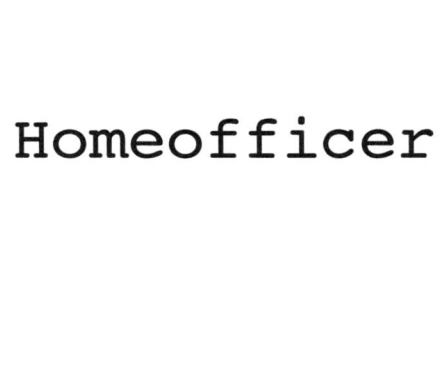

Homeofficer

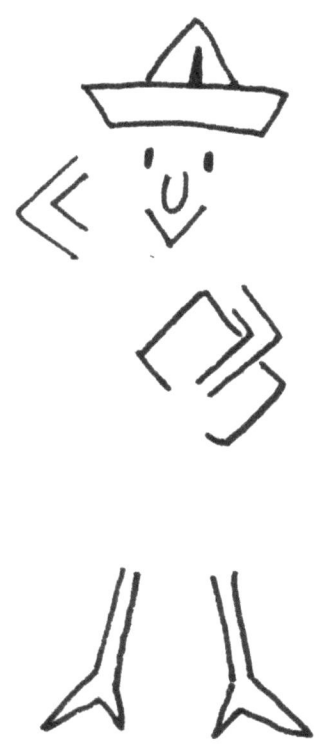

Antikörper

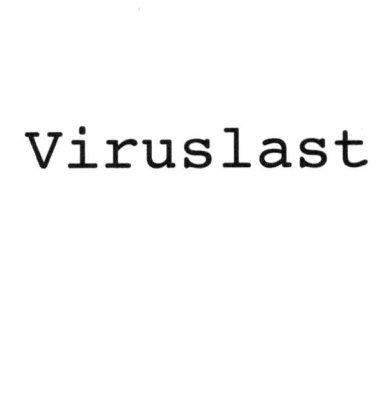

Viruslast

SAN

Ladenhüter 2020:
Fledermaus
Faschingskostüm

SAN

außer Kontrolle

Hintergrund-
tapete für
Online-Meetings

heute:
das Palais

SAN

Indoor Spaziergang

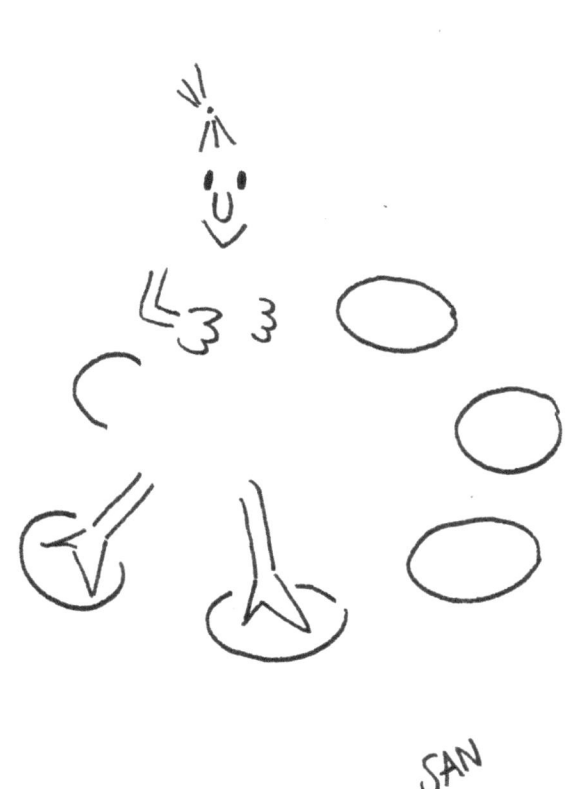

SAN

Schattenboxen
Corona-Style

Lock´ down!

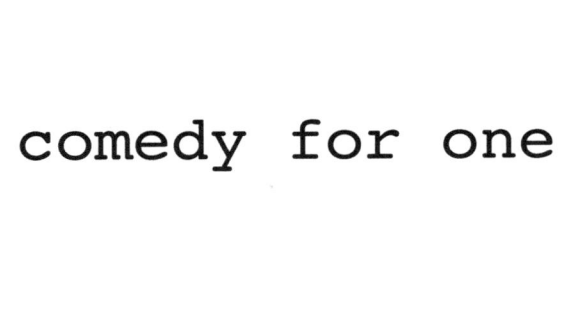

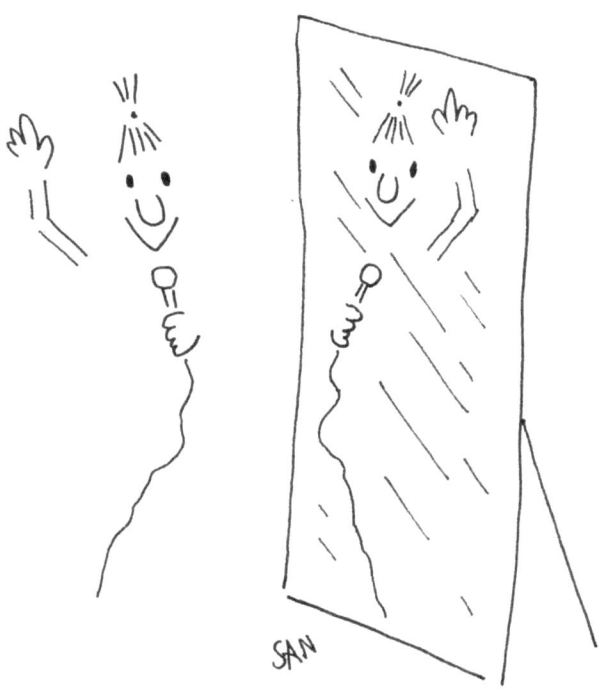

Label
Vorerkrankung

SAN

Gassi gehen

Maskenwesen

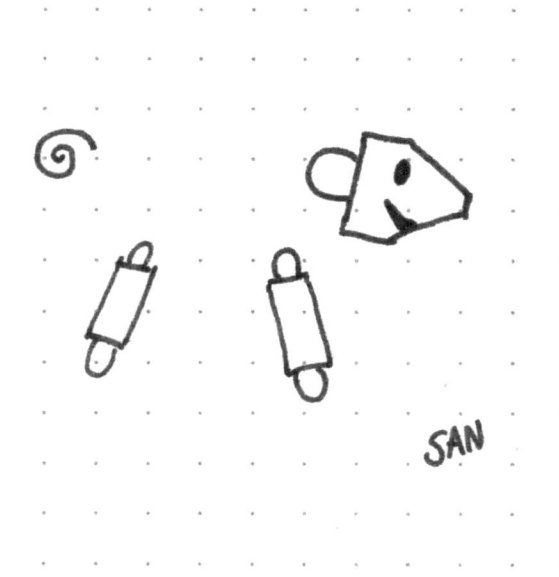

SAN

Trikini

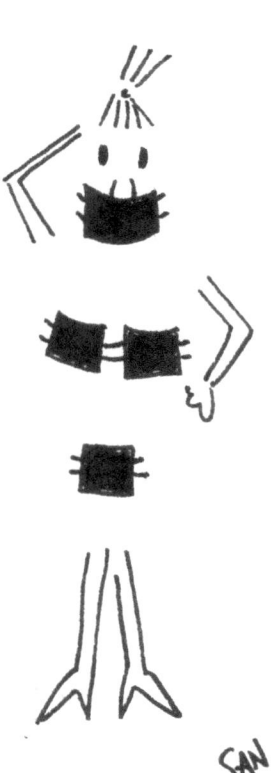

Umkleidung

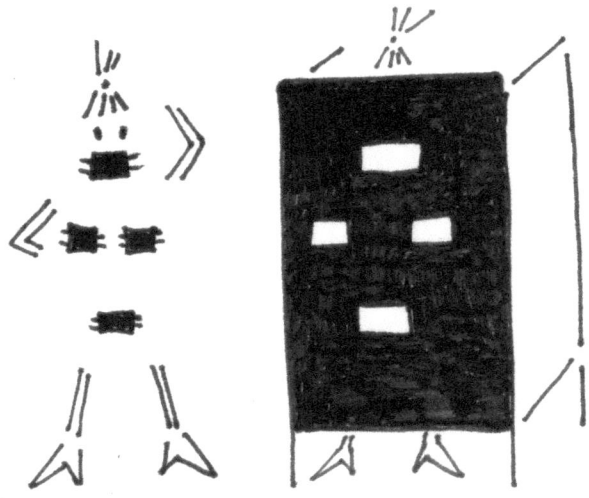

Stadt Land Corona

Viro-Loge

Traum
oder
Wirklichkeit

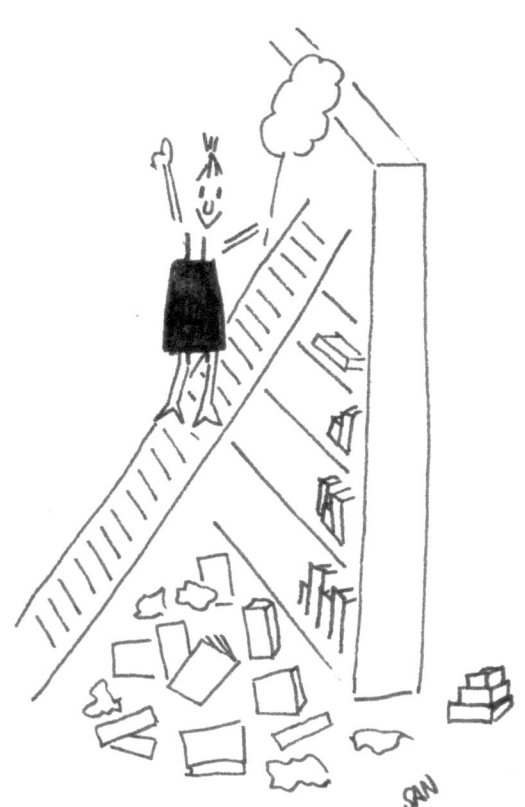

träumen

Maßnahme

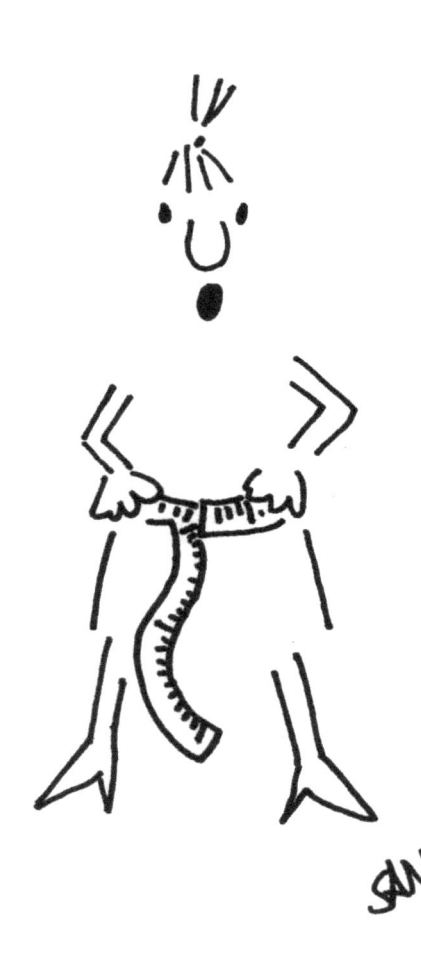

nächtliches Origami-Osterhasen-Basteln

SAN

kid after home-
schooling

Selbstheilung

Happy
Quarantine´s
Day!

Aufbegehren der Lippenstifte

Junifreuden

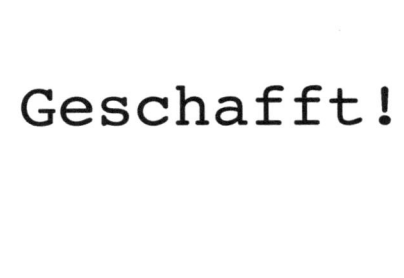

rise

Ersatzbank-kabarettistin

Kokoon

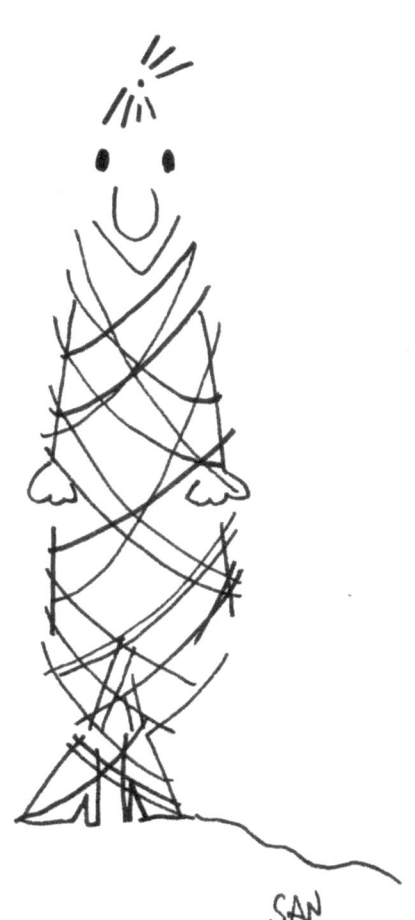

Outdoor-Hobby

lustvolles

Scheitern

SAN

Workout

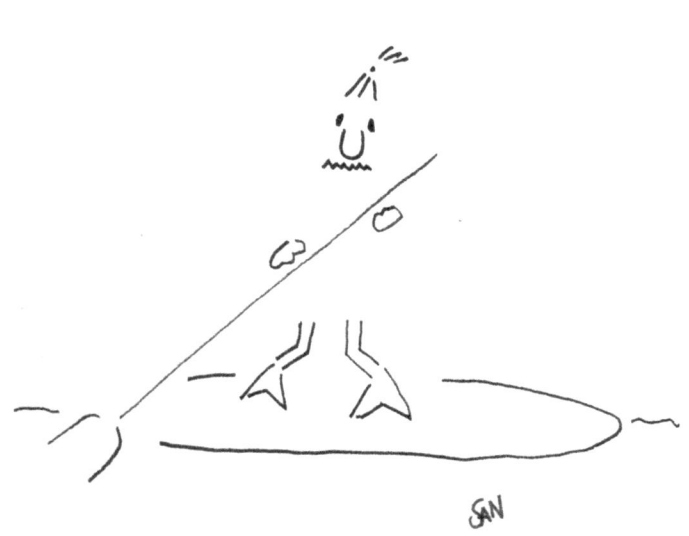

Verbindungs-
aufbau

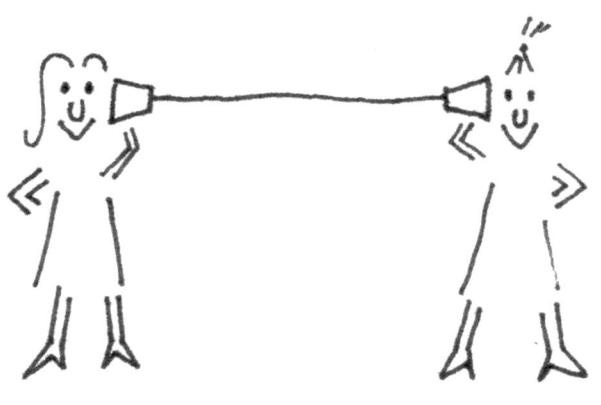

singing
in the rain

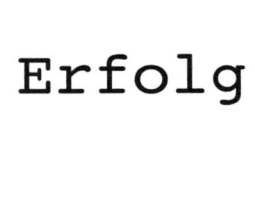

Klorollen-Fauteuil

Projekt historische Science-Fiction-Romane lesen

Zoom-Fußbad

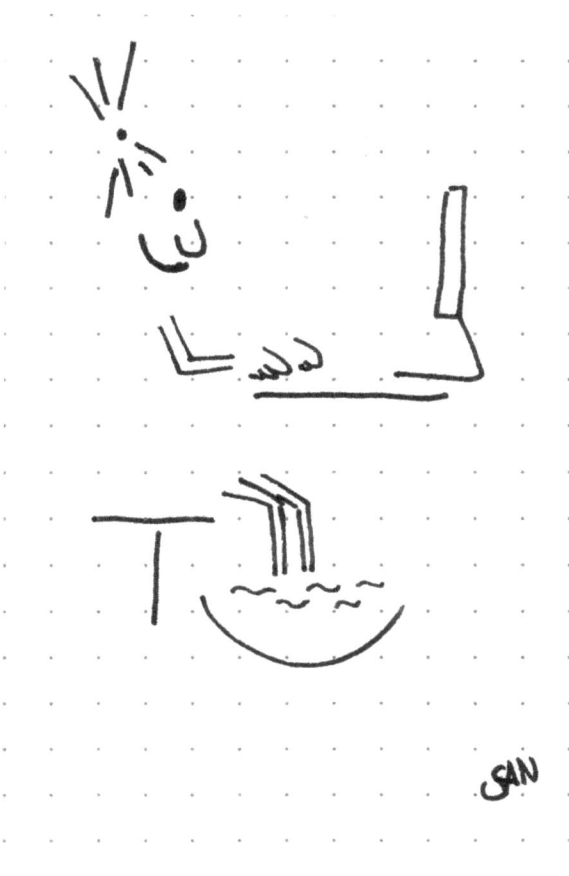

Ampelfarben

erster Wiener
Gurgelchor

Kostümprobe für die Ballsaison 2022

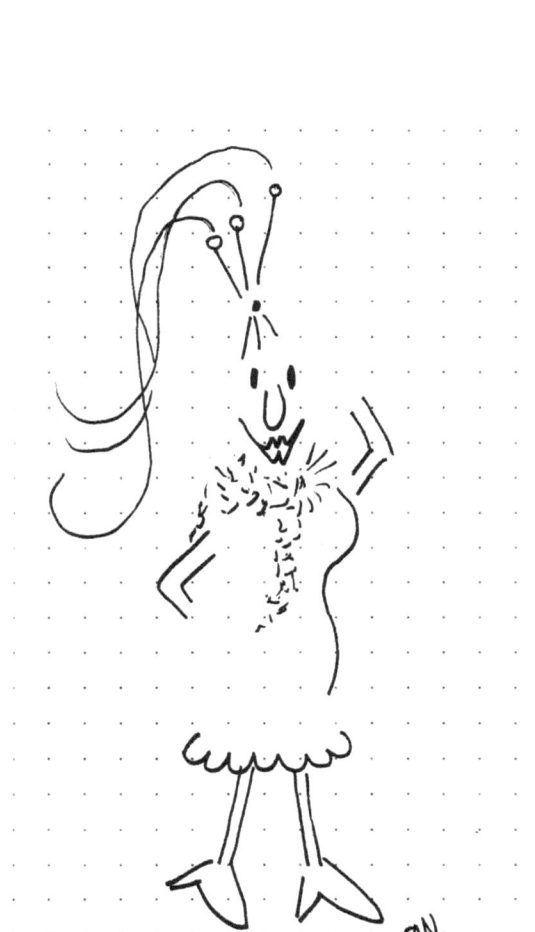

happy Massentest

SAN

Projekt Musikinstrument lernen

Vorfreude auf Flockdown

Resilienz-training für Widerstandskraft und innere Stärke

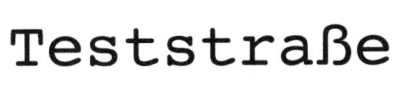

Teststraße

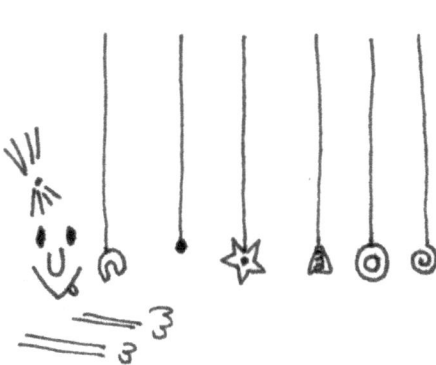

Ansteckungsherde

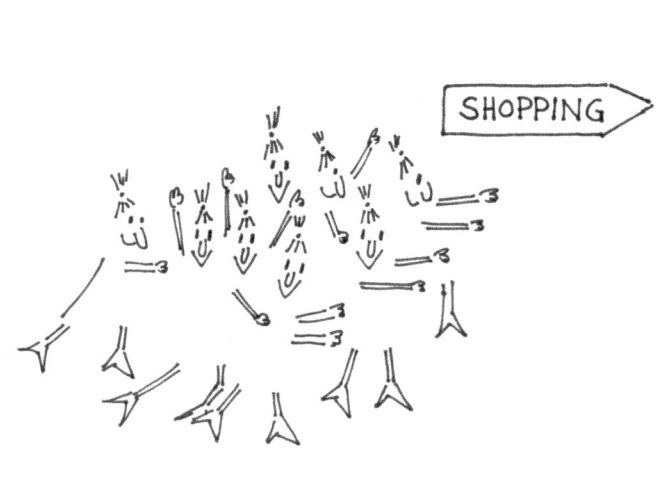

SHOPPING

Hochsaison
mentalen Singens

nasch-hour

Metamorphosen

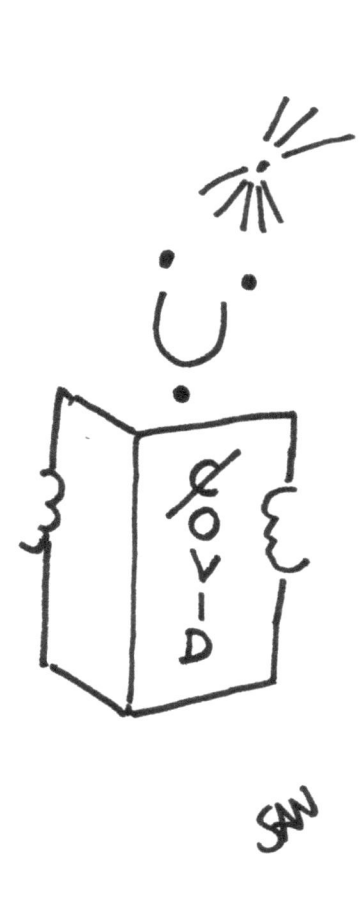

bereit für den nächsten Lockdown

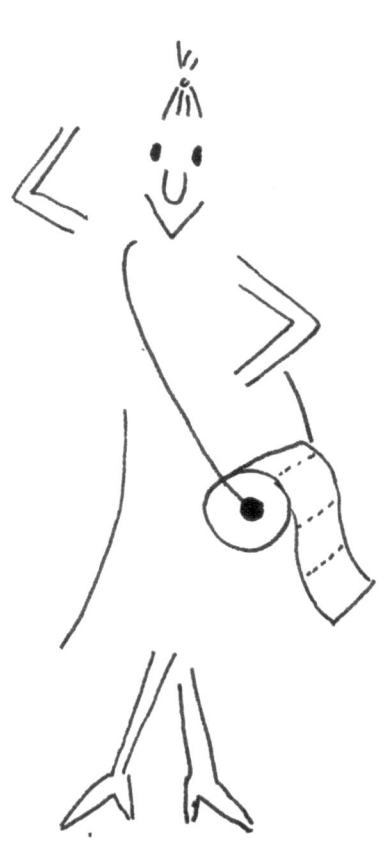

MIX

Papier | Fördert
gute Waldnutzung

FSC® C083411

Zeitfracht Medien GmbH
Ferdinand-Jühlke-Straße 7
99095 Erfurt, Deutschland
produktsicherheit@kolibri360.de